Diseño de la colección: Carla López Bauer

Edición: Violante Krahe

© Del texto: Pepe Maestro
© De las ilustraciones: Javier Zabala
© De esta edición: Editorial Luis Vives 2010
   Carretera de Madrid, km. 315,700
   50012 Zaragoza
   Teléfono: 913 344 883
   www.edelvives.es

ISBN: 978-84-263-7385-4
Depósito legal: Z. 185-2010

 Talleres Gráficos Edelvives (50012 Zaragoza)
Certificado ISO 9001
Printed in Spain

COLECCIÓN
COLORÍN
COLORADO

# El gato con botas

Texto
**Pepe Maestro**

Ilustración
**Javier Zabala**

EDELVIVES

# ÉRASE UNA VEZ

UN VIEJO MOLINERO QUE, CERCA YA DE MORIR,

LLAMÓ A SUS HIJOS Y LES DIJO:

   —A TI, QUE ERES EL MAYOR, TE DEJO EL MOLINO.

A TI, EL BURRO. Y TÚ, JUAN, POR SER EL MÁS PEQUEÑO,

TE QUEDARÁS CON EL GATO.

   CUANDO EL PADRE MURIÓ, LOS TRES HIJOS

SE REPARTIERON LA HERENCIA COMO HABÍA DICHO.

   EL MÁS PEQUEÑO SE LAMENTABA:

   —¡MENUDA HERENCIA ME DEJÓ PADRE!

¿QUÉ HARÉ YO CON UN GATO? MORIRME DE HAMBRE.

ESO ES LO QUE HARÉ.

EL GATO, QUE LO ESCUCHABA, LE RESPONDIÓ:

—VAMOS, NO TE LAMENTES ASÍ. SEGURO
QUE PODEMOS HACER GRANDES COSAS JUNTOS.
CONSÍGUEME UN SACO Y UN PAR DE BOTAS,
Y YA VERÁS DE LO QUE SOY CAPAZ.

JUAN HIZO LO QUE EL GATO LE PIDIÓ.

ÉSTE, CALZÁNDOSE LAS BOTAS, SALIÓ CORRIENDO
HACIA EL BOSQUE. CAZÓ UN CONEJO, LO METIÓ
EN EL SACO Y SE DIRIGIÓ AL PALACIO DEL REY.

UNA VEZ ALLÍ Y DESPUÉS DE MUCHAS REVERENCIAS,
LE ANUNCIÓ:

—MAJESTAD, ESTE CONEJO ES UN REGALO
DE MI SEÑOR, EL MARQUÉS DE CARABÁS. LO HA CAZADO
EN SUS TIERRAS PARA QUE VOS LO DISFRUTÉIS.

EL REY AGRADECIÓ AQUEL REGALO Y LE PIDIÓ
AL GATO QUE ASÍ SE LO HICIERA SABER A SU AMO.

AL DÍA SIGUIENTE, VOLVIÓ A PALACIO Y OBSEQUIÓ
AL REY CON UN PAR DE PERDICES; AL OTRO,
CON UNA DOCENA DE PECES Y ASÍ, DURANTE UN PAR
DE MESES, ESTUVO REGALANDO AL REY
LO QUE CAZABA, DICIÉNDOLE SIEMPRE QUE ERAN
REGALOS DE SU AMO.

EL REY EMPEZABA A ESTAR INTRIGADO,
ASÍ QUE PREGUNTÓ A UNO DE SUS LACAYOS:

—¿QUIÉN ES ESE MARQUÉS DE CARABÁS,
QUE TANTOS REGALOS ME HACE?

—NO LO SABEMOS, SEÑOR. NUNCA OÍMOS HABLAR
DE ÉL ANTES DE QUE ESTE GATO APARECIERA.

UN DÍA, EL GATO SUPO QUE EL REY SALDRÍA
A PASEAR POR EL RÍO CON SU HIJA, LA HERMOSA
PRINCESA. LE DIJO A SU AMO:

—SI SIGUES MIS CONSEJOS, LLEGARÁS MUY ALTO:
VE A BAÑARTE AL RÍO, EN EL SITIO QUE YO TE INDIQUE,
Y LUEGO, DÉJAME HACER.

EL HIJO DEL MOLINERO HIZO LO QUE EL GATO
LE ACONSEJABA, AUNQUE NO COMPRENDÍA BIEN
CUÁLES ERAN SUS INTENCIONES.

MIENTRAS SE ESTABA BAÑANDO LLEGÓ EL REY
Y, ENTONCES, EL GATO SE PUSO A GRITAR CON TODAS
SUS FUERZAS:

—¡SOCORRO, SOCORRO! MI AMO SE AHOGA,
¡EL MARQUÉS DE CARABÁS SE ESTÁ AHOGANDO!
EL REY, OYENDO LOS GRITOS, ASOMÓ LA CABEZA
POR EL CARRUAJE. AL RECONOCER AL GATO,
MANDÓ INMEDIATAMENTE A SUS GUARDIAS
QUE FUESEN EN AYUDA DEL MARQUÉS DE CARABÁS.

EL GATO EXPLICÓ QUE MIENTRAS SU AMO SE BAÑABA
UNOS LADRONES LE HABÍAN ROBADO SUS ROPAS.

EL REY ORDENÓ QUE FUESEN A BUSCAR
UNO DE SUS MÁS BELLOS TRAJES PARA EL MARQUÉS
DE CARABÁS.

ELEGANTEMENTE VESTIDO, CON ROPAS DIGNAS
DE UN PRÍNCIPE, EL JOVEN CAMPESINO SE ACERCÓ
A LA CARROZA PARA AGRADECERLE SUS FAVORES
AL REY. ÉSTE, AL VER QUE A SU HIJA
LE AGRADABA MUCHO EL MARQUÉS, LE INVITÓ
A SUBIR CON ELLOS AL CARRUAJE.

EL GATO, ADELANTÁNDOSE POR EL CAMINO,
CORRIÓ VELOZ CON SUS BOTAS POR EL BOSQUE.
AL ENCONTRAR A UNOS GRANJEROS, LES DIJO:

—CUANDO PASE POR AQUÍ LA CARROZA DEL REY
Y OS PREGUNTE DE QUIÉN SON ESTAS TIERRAS,
LE RESPONDERÉIS QUE PERTENECEN AL MARQUÉS
DE CARABÁS. SI NO LO HACÉIS, ME COMERÉ
TODO VUESTRO TRIGO.

MÁS ALLÁ, A UNOS PASTORES, LES REPITIÓ
LO MISMO.

CUANDO EL REY, MÁS TARDE, CRUZÓ AQUELLAS
TIERRAS Y PREGUNTÓ A QUIÉN PERTENECÍAN,
LOS GRANJEROS Y LOS PASTORES RESPONDIERON:

—AL MARQUÉS DE CARABÁS.

EL REY Y LA PRINCESA ESTABAN CADA VEZ MÁS
IMPRESIONADOS POR LA RIQUEZA DEL MARQUÉS.

EL GATO CON BOTAS, MIENTRAS TANTO, LLEGÓ
A UN HERMOSO CASTILLO.

SU DUEÑO ERA UN OGRO, EL MÁS RICO DE TODA
LA COMARCA, SEÑOR TAMBIÉN DE LAS TIERRAS
Y BOSQUES POR DONDE EL REY HABÍA PASADO.

UNA VEZ DELANTE DEL OGRO, EL GATO LE DIJO:

—SEÑOR, ME HAN DICHO QUE TENÉIS UN DON
EXTRAORDINARIO, QUE PODÉIS TRANSFORMAROS
EN CUALQUIER ANIMAL...

NO HABÍA ACABADO LA FRASE CUANDO
SE ESPANTÓ DE VER AL OGRO TRANSFORMADO
EN UN ENORME LEÓN DELANTE DE ÉL.

—REALMENTE PRODIGIOSO... CLARO QUE SIENDO VOS TAN GRANDE,
UN ANIMAL PEQUEÑO DEBE DE SER MÁS DIFÍCIL.
¿PODRÍAIS, POR EJEMPLO, CONVERTIROS EN UN RATÓN?

DICHO ESTO, EL OGRO VANIDOSO SE CONVIRTIÓ EN UN RATÓN,
Y ANTES DE QUE PUDIESE VOLVER A SU TAMAÑO NORMAL,
EL GATO... ¡SE LO COMIÓ!

BUSCÓ ENTONCES A LOS SIRVIENTES
DEL OGRO Y LES ORDENÓ QUE PREPARARAN
UNA GRAN CENA PARA SU NUEVO AMO,
EL MARQUÉS DE CARABÁS.

SALIÓ AL ENCUENTRO DE LA CARROZA
E INVITÓ AL REY Y A LA PRINCESA A CENAR
EN EL PALACIO DE SU MARQUÉS.

UNA VEZ EL REY ESTUVO SATISFECHO, SE DIRIGIÓ
AL JOVEN Y LE PROPUSO:

—MARQUÉS, VEO QUE MI HIJA OS APRECIA MUCHO,
AL IGUAL QUE YO. ¿TENDRÍAIS ALGÚN INCONVENIENTE
EN CASAROS CON ELLA Y HEREDAR MI REINO?

JUAN, EL JOVEN CAMPESINO, NOMBRADO MARQUÉS
POR UN SIMPLE GATO, NO HALLÓ INCONVENIENTE
EN CONVERTIRSE EN PRÍNCIPE. Y COMO NO PODÍA SER
DE OTRA FORMA, SE CASÓ CON LA BELLA PRINCESA.

EL GATO, POR SU PARTE, VIVIÓ COMO UN GRAN SEÑOR,
CAZANDO RATONES POR PURA DIVERSIÓN
Y DANDO BRILLO A SUS BOTAS DE VEZ EN CUANDO.

NUNCA SE SEPARÓ DE SU AMO Y ALGUNAS VECES
LE DECÍA:

—YA VES COMO EL INGENIO Y LA ASTUCIA
VALEN MÁS QUE TODAS LAS HERENCIAS.

Y ES QUE AQUEL GATO, POR SI TODAVÍA
NO TE HAS DADO CUENTA, ERA UN GRAN FILÓSOFO.

Y COLORÍN COLORADO, ESTE CUENTO
SE HA ACABADO.